夜伽《よとぎ》

如月ふう

竹林館

目次

カバー画　小川賀子

夜伽 1

yotogi

これは、あなたとわたしの、
四十九日間のランダムな記録である。

ご遺体だから、もう気を許したのか、二人のスタッフは、無言で無造作にオムツを替えた。そして、前も後ろをも、手際よく清拭した。葬儀スタッフが来る前の簡単な清めである。いつもなら、スタッフは、感心するほど丁寧である。必ず、二人一組でやってきて、やや年長か先輩らしき方が「ああ、痛いね、ちょっとさわるよ、あ、すぐ終わる、すぐすぐ、はい、ほら終わったよいしょ」とか声をかける。その声が、また、柔らかく優しい慈愛に満ちた声音である。そして、見舞いに来た妻であるわたしにすら、夫の下《しも》あたりを、うまく覆い隠して見えないようにする。妻のほうとしても、いくら赤ん坊のようになったとしても、やはり、こんな姿など見られたくないだろうから、たまたまその瞬間に居合わせてしまっても、さりげなく、目をそらしていた。

けれど、その時は、スタッフは無言だし、無造作だった。見ようと思えば、丸見えだった。

見納めだ、と、思わずおもった。ながい間、見てもいなかった。いや、まともにまじまじと見たことなどあっただろうか。もっとも、自分のもののほうも、人間、しみじみと、あるいはまじまじと、見てみることもないじゃないか。単なる好奇心、で、のぞきこんだ。なんてことはない、ただの物《ブツ》だった。

体格のいい人だったから、筋肉も骨格もしっかりしていたはずなのに、見えるのは、暗闇に、ごつごつと骨らしきものがあり、それに張り付くというか、ぶらさがるように皮がはりついている。その骨盤らしき骨の真ん中に、ふらりと、小さな、かつては、肉らしきもの、それだけ。生きている時は、威勢の良いときは、あれが、男の行動や思考や感情を、左右したのか……。だから、わたしも、息子を二人も産んだのか。わたしの、人生の七転八倒のもとは、アレか？

夫が息を引き取った、その直後に、こんなことをする、こんなことを考える。ダメ？

＊

夫が死んだから、もう、わたしは、わたしだけで、いたい。あの人に支配されたくない。

わたしの感覚。わたしの価値観。誰にも迷惑をかけない。自分のことは、自分で責任を取る。あと、何年残されているのだろうか、その残された何年間は、わたし自身の人生でいたい。

夫がくれた、わたしへの、最後の贈り物。

ありがとう。

*

ふうちゃん、あんた、好きに生きたねぇ……母の声が聞こえる。

そう、好きに生きてる。ママ、パパ、ありがとう。「ママが反対したとしても、ふうちゃん、あんた、自分の好きに生きなさい」。わがままなわたしは、ママの言葉を、自分に都合のいいところだけをつかみ取った、そして、生きている。
速水御舟《はやみぎょしゅう》の日本画「炎舞」みたいだ。炎に集まる無数の蛾。その一羽が、わたし。じりじりと焼かれながら、それでも炎に飛び込んでいく。人生という舞台の上を、素足で、めらめらと舞う。

*

何冊かの、あなたの著した書籍。使い分けていたペンネーム。
その中で、一冊だけ残されていた、毛色の異なる、作品。
表紙の裏には、あなたが私淑していた某大学教授への「謹呈」の文字がある。出版年数を見ると、その教授が亡くなられた年だから、「謹呈」が、かなわなかったのだろう。

初めて、読んでみる。

極道世界の、小説である。当時、つきあっていたらしい、モデルと思しき面々が登場、規格外の人間、裏街道を行く……記載されている身近な地名。

ただ、ガチガチのあなたが書くものなんて、面白くもクソもないだろう、と思って、読む気もしなかったし、わたしの推察どおりか、売れもしなかったみたいだ。陳腐な内容。

なぜ、書いたのだろう。
ただ、今になって、初めて読んでみると、あの頃が思い出される。あんたから垣間見る、違う世界。

ときたま、遊びにも連れていってくれた。
深夜から始まる、ゲイバーのミュージックショー。某劇団のスターさんをご招待しての食事。うさんくさい骨董屋のおやじさん……芸術家、なのか、文化人なのか……。

小説は、ヤクザな男が、ヤクザなことをして、ヤクザに死んでいくストーリーだ。

その取材のためか、あんたは、裁判に傍聴に行ったり、刑務所に面会に行ったりもしていたね。

ありふれた内容だったけれど、なんだか、懐かしかった。そして、陳腐に主人公が死で終わるエンディングでは、はからずも、泣いてしまったよ。主人公にかなぁ、これを書いた、あなたにかなぁ。そして、思ったんだ、あんた、幸せだったよ、いろんなこと経験して。

わたしも、楽しかった。

*

あなたに死なれて、残されてみると、あなたが生きていた時より、あなたを身近に感じる。四十九日間はまだあの世に行かずに、ここいらを彷徨っているせいか、いや、そんなんじゃなくて、生身のあなたがいないから、わたしが、自在に、わたしのあらまほしきあなたを創りあげて、あなたが、そこにいるような気がする。生きているあなたは、当然、生身のあなたが、あなたの思いで行動する。けれど、既に肉体を亡くしたあなたは、わたしの思うままに存在する。わたしの認識の中で、思い出の中で、ある時は、いやな奴に、ある時は、素敵な紳士に。創りあげたわたしの思うままに。

わたしの思いはとりとめない。過去のひとつの出来事が、ある時は、あなたの思いやりに思えたり、同じことが、とんでもないあなたの意地悪に思えたり、わたし自身の心持ち一つで、天と地ほどの違いがある。

*

斎場であなたの骨を見た。確実に、あなたの肉体は、もう、この世にはないのだ、と教えられた。涙は、出なかった。事実を突きつけられた、ということだった。りっぱな、お骨だった。喉仏にキレイな仏様が見えた。

あなたの肉体は、もう、この世には、戻るところがない。しっかり、認識できた。わたしも認識したし、あなたも、しっかり自覚してね。

この世の、この肉体にしがみ付いていたあなたは、肉体が崩れ落ちていっているから、苦しそうだった。周りに誰がいても、誰がなんとかしようとしても、あなた以外の人は、無力だった。それは、あなただけではない。人、みな、同じ。等しく、同じ。自分の苦しみは、自分が負うしかない。

＊

蕎麦談義

わたしは蕎麦好きである。ひところ、一人で、雑誌掲載の蕎麦を、のんびり食べ歩いたこともある。今思えば、老後でもないのに、なぜ、そんな時間があったのか、暇を捻出していたのか、分からない。それはそれで、なんとかやりくりしていたのか、その分、わが子たちは、ほったらかされていたのか……。

ともかく、その結果、わたしは「からみ蕎麦」が一番好きだ。純粋に蕎麦そのものが味わえて、その風味が楽しめる。ところが、夫は、「てんぷら蕎麦」が一番だと言う。

何⁉　ぬくい蕎麦？　そりゃ、邪道だ。しかも、天麩羅？　そりゃ、あんた、天麩羅と、エビの味で食べてんだよ。蕎麦、食べなよ！　蕎麦屋に来て、蕎麦、食べなよ。天麩羅は、天麩羅屋で食べなよ……出汁に混じりこんだ、天麩羅とそのあわいの蕎麦が、適度な温もりの中で、うまい？　それって、エビの好きなお子ちゃま、じゃない⁉　と、食べ歩きの結果のわたしは、心の中でつぶやく。次男は「蕎麦好きはキライだ」と言う。蕎麦に対する蘊蓄《うんちく》と、自分の好みの押しつけと、通ぶろうとしている態度そのものが鼻につくそうだ。ともあれ、蕎麦屋に行けば、お互い、黙って、自分好みの蕎麦を食う。但し、なかなか美味い「からみ蕎麦」を出す店は少ない。○○屋のからみ蕎麦は、食いたくなったら、タクシーとばしてでも、行きたい。もう、何年、行ってないだろう。そこのおやじさん、わたしより年上だったから、生きているかなぁ。

もっとも、言う人に言わせたら、「からみ蕎麦⁉ 邪道‼ ザルだよ、ザルで食え」あるいは「そばがき、だよ、そばがき、ねぇ君、そばがき！」という輩《やから》がいらっしゃるはず。

ハイ、おあとがよろしいようで。

＊

渓流

あなたは　石　　角ばった　石
長男は　魚　　すきまを　ひらり　はらり
　　　　　　　きままに　泳ぐ
次男は　沢カニ　　目玉を　天にむけ
　　　　　　　　横歩きをする

わたしは　水　　　　　ただ　流れる
そんな　四人家族だった

＊

逝くまでの時間つぶしに句を重ね　穴居房主人

思いついたらしい、数ページだけ記されたノートが出てきた。数ページで、あんた、飽きたんだな。

老いらくの　恋がないので　自由人

夜遊びに　行かなきゃ妻が　「病気か？」と

断捨離を　してるつもりが　されていた

妻の歩に　疲れ隠して　ついていく

癌告知　妻に寄り添う　術《すべ》もなく　（わたしの乳がんが発覚した）

「先死ぬ」と笑顔でいっぱい脅しくる

気にくわぬ　ことごとにいう「先死ぬし」

転移なし「ほぼ」がついても一安心

母と息子《こ》が　ヒロインヒーローごっこする

二人いて　むしろ孤独になる　二人

シュレッダー　かけてすべてが　過去となり

初参り　孫の笑みこそ　御仏《みほとけ》ぞ

*

結局、あんたが、先に死んだやん。

＊

homme オム とは、フランス語で、「おとこ」とか、「人間」とかいう意味だと習った。それに対して、女は famme ファム。「ファム・ファタール＝運命の女」のファムだ。

オム、ファム、まあ、どうでもいいのだが、その頃、なぜ、男は人間と同じ言葉で、女は、ファタール、なぜ、運命的に男の軌道を狂わす的な言われ方をするのだろう、といささか不満だった。もっとも、男の人生を狂わすほどの存在であれば、してやったり！　と生きがいもあるだろうけれど。

それから、もうひとつ、hommeには、「死すべきもの」という意味もある、と目にした記憶もある。

おもえば、人は、死すべきもの、必ず、死ぬものだから、当然なのだが、homme（人間）というと同時に、死ぬんだよ、お前、死ぬんだよ、と同時にささやかれているのは、すごいなぁ、と、あんたに死なれてみて、改めて実感した。

つひにゆく　道とは　かねて聞きしかど
きのふけふとは　思はざりしを
在原業平「伊勢物語」より

＊

　コロナ下に、四国遍路のバスツアーに参加した。日本中が、コロナ自粛で、ひっそり閉じこもっていることが最善であるような時期であった。参加者も少なく、制限も多く、値段的にも、通常の数倍だったようだ。だから逆に、わたしには向いていた。バス横一例、補助席も入れると五人掛けの座席に、窓際の両サイドに、一人ずつ。そのうえ、自由に席を移動してはいけない。座席名簿が管理されていて、万一、コロナ患者が出たら、また、旅行の数日後に出たとしても、連絡がはいり、チェックできるように、とのこと。客同士、会話もできるだけ控える。もちろん、一人部屋。食事もひとり。壁を向くなり、パーテーションでしきるなりで、ひとりひとりに丁寧なサービスがつく。

遍路旅、のイメージが、雑魚寝、粗食、知らぬ人との触れ合い、コミュニケーションであったが、それとは真逆といっていいほどのツアーであった。おまけに、八十八箇所初心者にとっては、先達と呼ばれるお参りの先輩はいるし、御朱印帳を担当してくれ、さまざまな質問やお願いを聞いてくれる添乗員はいるし、ベテランの運転手だし、で、心地よい巡礼ツアーであった。ただ、一回に数箇所をまわるだけだから、かれこれ一年半かかって、結願、八十八箇所をまわり終えた。

参加動機は、と言えば、母が、四国出身であること。なんとなく、母のことばから、菜の花畑を行く遍路への憧れがあった。たまに四国に帰省した母が、常とは違い、娘に戻ったかのようにくつろいでいる。やわらかな、四国なまり。わたし自身、歩くのも好きだから、いつかは行ってみたいと思っていた。

さて、参加するとなって、何を、お願いしようか……つらつら、これからの人生を考えた。

息子たちは、巣立った、自分のことは、自分できりひらきなさい。今更、母さんが、お前たちのことを何か願うなんて。

で、自分のこれからのイベントを考えると、絶対、あって、絶対、やってくるのは、自分の、死、であった。そうだ、「上手に、死ねますように。きちんと死ねますように。うまく死ねますように」、そう願うことにした。

巡礼ツアーでは、笈摺《おいずる》という白装束に、八十八箇所のそれぞれのお寺で朱印も押していただく。なんとうまくできていて、真っ白な遍路装束が、次第に、その朱印で赤くなっていく。御朱印帳と同じく、幼稚園児が、お休みせずに登園したら、ペタンコ、シールやスタンプを押してもらう喜びと同じである。ふむ、有難い御朱印を、そのレベルにたとえるな、って？

ともかく、わたしも、最後、八十八箇所、結願。そのお礼参りに、ラストは総本山、高野山までお参り、無事、真っ赤な笈摺、ゲット。そして、これは、わたしの死出の旅路の際に、棺のなかへ、わたしのこの世の身体とともに、あの世に送られるということだった。へえー、そういうことだったのか。

遍路旅路は「同行二人」。あの世への道のりも、同行ふたり。弘法大師さんが、寄り添ってくださる。

死ぬときは、一人、息をするのも一人。誰も代われない。わたしは一人で生まれて、一人で死んでいく。

わたしだけでなく、ひと、皆、すべて。でも、お大師さんは、寄り添ってくれるんだねぇ。

なんて、遍路ツアーで教えていただいた。

さて、夫である。

アイツ、出不精で、歩くのキライで、遍路ツアーなんか、付いてくるもんか。また、付いてこられたら、せっかくの、のどかな一人旅、旦那の機嫌ばっかり気にかけるのも余計に疲れる。彼も、わたしの居ない、一泊か、二泊の間、デパ地下の寿司コーナーくらいでちょっと高めのきままな夕飯でも食べて、羽を伸ばしていたのだろう。

でも、今、一人で、死んでしまった。

一人で、ハフハフしていた。しんどいね、どうしようもないね、見てても
しんどいわ。

じっと、見られてると腹、立つやろ、（あんたはええな、しんどくなくて）
と思うやろ。

うるさい！　かまうな！　苦しいんじゃ！　ほっとけ！　はなしかける
な！　と思う？

それも、もう、わからん？　どうでもいい？

そいで、結局、あんたは、だれも居ない時に、たぶん、ひとりで、息をやめた。


ご苦労さん。

おつかれさん。

偉かったねぇ。


で、わたしの笈摺を、彼に、はおわせることにした。

どうせ、一人で逝かなアカンのやし、道を間違えられても、可哀そうやし、こっちも困るし、まあ、なんとか、弘法大師さま、お頼み申します。

四十九日、旅して、あの人の行くべきところまで、きちんと、行けますように。

セイダイ、あの人、わがままやったし、わたしも、わがままやから、
いざとなったら、人間、おすがりするしか、ございません、ハイ。
四十九日の法要を済ませたら、わたし、もう一度、遍路旅に出ます。今度こそ、自分用の笈摺を手に入れるために。

＊

多分、わたしのことを、一番に心配してくれる人はいなくなったんだなぁ。五十五年間、なんだかんだ言っても、一応、夫婦だったんだから、もういいやぁ、とも思うし、ほんまかいなぁ、とも思うし……慣れないとアカンとも思うし、なんせ、もう、いいわぁ。

結婚する前、わたしにも、人並に、パートナーが見つかるのかなぁ、とか、運命の人っているのかなぁ、と思っていたけれど、この年になってみると、普通に、おったんやね、そいで、死なれたんやね、と思う。それも、人並やねんねえ。

＊

お寺のおばあちゃんは、名前を「きくさん」と言った。

ふくよかな人だったから、わたしの中では、ふくよかな菊のかおりがした。あんたと帰省したら、必ず、会いに行った。小さい時、あんたの母さんの身体が弱かったから、近所のお寺のおばあちゃんに、よく面倒をみてもらった、と言っていた。

ある時、帰り際、別れ際に、その、きくばあちゃんが、あんたの、頭だか、肩だかを、なでながら言った。昔のことだから、頭だったか、肩だったか、わすれた。とにかく、頭か、肩に手をやって、あんたは大きいから、どちらにしろ、ばあちゃんにしたら、せいいっぱい背をのばし、また、あんたは、ちぢかまって、その、あんたの殊勝なちぢかまり方がおかしかったので、記憶に残っている。

お寺のおばあちゃんはその姿勢で、あんたに、「おとこのこなんだからね、これから、かなしいことや、くるしいことが、いろいろとあるんだけれど、しっかりするんだよ、がんばるんだよ」と言ったのだ。

わたしの、ドでかい旦那様は、わたしが見たことないくらいにちぢかまって、言われるままに、「うん、うん」とうなずいていた。すっかりあきれたし、不思議な気持ちになったから、覚えている。

＊

帰省すると、あんたは、必ず数日、どこかに行った。どこか、と言ったが、行先は分かっている。Oさんという、中学校の時に好きだった女の子のところだ。正確に言えば、その彼女は、とっくに結婚しているから、その実家だ。彼女は居ないのに、必ず、その両親に会いに行く。あれこれ詮索したくなる。でも、そんな素振りをみせると、「そんなんじゃない」と答える。そんなん？　どんなん？

わたしだって、そんなん、も、どんなん、も分からない。でも、初めて、その時、あんたのこと、好きでいるの止めよう、と思った。あんたが、誰を好きでも、何をしようとも、自分は自分でいよう、と思った。

傷つかない練習だった。

そして、マジ、わたしは、永遠に傷ついてしまったのだった。

三月二十一日、この翌日に夫は家を出て、そのまま、帰ってこなかった。ちょっと、いつもレベルの、向かいの大学病院に入院するくらいのつもりだったのだが。

*

いつのころからか、夫の机の上には、小さな、積み木を組み合わせたような、日めくりカレンダーがあった。小さな木のブロックの六面に数字が彫られていて、その積み木二個の組み合わせで、三十一日が完成する。月と曜日は、それよりやや小ぶりの横長で、英語でMarchだとか、Aprilとか Suday, Mondayとか、が用意されており、夫は、たぶん、几帳面に、一日一日を、この日めくりカレンダーで毎朝、その日を確認していたのだと思う。死んでから、机の上を見て、それが、夫が入院した、その前日の朝、そのままになっているのに、気づいた。

はっきり言って、一日一日は、滞りなく着実に過ぎていっていたわけだけれど、振り返ってみれば、彼の死までは、怒涛の毎日だったような気もする。

三月二十一日、そうか、夫の家庭での日常は、この日までだったんだ。

そう思うと、日付を進める気がしない。そして、この日めくりを、このまま、わたしが死ぬまで、このまま、置いておこうと思った。
ずっとずっと、なにもかもが、昔のような気がする。
アハハ、こんなふうに書くと、殊勝な未亡人みたいだな、ハハハハハ。
へ！　未亡人……（笑）

＊

あんたが死んでから、何回かエステに行った。基本的には、二週間ごとに行くことにしているから、今日で二回目だ。

そして、最近、「○○に青あざがありますよ、痛くないですか？」と聞かれる。そう、自分では気づかずに、打ち身を作っているのだ。それは、部屋の模様替えをしたり、家具を処分したり、物を解体したり、つまり、力仕事、大工仕事、そういった仕事を、まさしく女手ひとつでやっているからだ。わたしがやらずに誰がやる。その時は気づかないが、また、ちっとこりゃ大変！　と思っても、えいや!!　ムンズ!!　とありったけの力でやってのけている。その次第で、エステなんぞという、マダムがお通いになるところに行くと、筋肉労働者の身体には、本人も気づいていなかった、無残な青あざが点在しているのだ。

子どもなら、幼稚園の先生とか、診察したお医者さんが、虐待のおそれあり、と即、通報の義務ありだが、エステティシャンの方は、いたましそうに、うまくそこを避けて、身体を癒してくださる。そして、ご自分も緊張のあまり、気づかずに青あざを作った経験等を話して、心も癒してくださるのだ。

ありがとうございます。もうしばらく、わたしの青あざは続くでしょう。

＊

いい写真だねえ、あんたの遺影。今、お仏壇の隣の、四十九日までの臨時？の段々に、お花やらお線香やら、おリンのところに飾られている。ホントにいいお顔だよ。一番、あんたらしい、穏やかなお顔。こわいお顔とか、ご自分ではお気に入りの写真もあったかもしれない。でも、ご自分で用意できなかったんだから、アキラメな。

わたしの好きな、そして、きっと、あなたらしい、優しい、本当の素直なあんた。大好きな孫ちゃんを抱っこしたり、あやしたりいていた時の顔。今、わたし、仏間で寝ているんだけれど、そのあんたの顔があると、安心するんだよ。生きてる時は、煩わしいから、別々だったのにね。そうなんだよ、肉体がある時って、じつは結構、煩わしいんだよ。自分のイビキに驚く時とか、自分のおならが臭いとか、自分の肉体すら、煩わしいだろう？　ましてや、自分以外の人間のそれらって、当然、うっとおしいんだよ。そういうんがうっとおしくないのは、人間、生殖期の、異性にむはむは求めている時だけじゃないかなぁ。男は、そうじゃないのかもしれない、でも、女は、というより、わたしは、と言い換えておいたほうがいいかもしれないけれど、もう、身体の触れ合い、なんて、面倒くさいんだよ。だから、女らしくもなく、魅力もない、ただの、婆あ、になっちゃうのかもしれないけれど。

とにかく、さばさばと、別の寝床。でも、今はね、部屋にあなたのデッカイ写真があると、安心。しかも、わたしが選んだ、わたし好みの笑顔の写真が、安心。

仏間で寝るのは、気おくれしてたんだよ、肉体のないあなたに慣れていなかったから。ところが今は、24時間、文字が映し出されている。「南海トラフ地震注意報」って。テレビで四六時中、画面に出る。さすがに、地震が突如襲ってくるかと、不安になった。

で、わが家で、一番、物が落ちてこない、倒れてこない、何にもない部屋、安全そうな場所はどこだって捜したら、それが、仏間だった。あるのは、仏壇だけ。棚もない、本棚もない、箪笥もない、水屋も、もちろんテレビも冷蔵庫もない。聞くところによると、地震ときたら、冷蔵庫が吹っ飛ぶ、食器棚は崩れる、食器は散乱する、とか。ここなら、落ちてくるのは、真ん中の蛍光灯だけ。

それで、ここに寝ることにした。

そしたら、安心なんだよね、何となく、あんたが守ってくれているようで。

しかも、やわらかく、笑っているのさ、孫を見てる顔で。

これで、あんた、人生、ずっと、こんな顔ですごしたみたいだよ。

本人は、歴代の偉人とか、渋い紳士とか、気障にきめた伊達男みたいに飾られたかったかもしれないけれど。

アキラメな、遺影、決めずに逝ったんだから。

*

片付けていたら、帽子がいっぱい出てきた。当然、みんな、見覚えがある。それにしてもこんなに持っていたとは。ハットにキャップ、ハンチングもある。その時、その時の気分や、行先、目的に応じて、楽しんでいたんだね。わたしも、気に入って、ハイキングに借りていた鹿撃ち帽は、孫が小学生の時にシャーロックホームズにハマって持ち帰られた。でも棚の上のほうにたくさんある。踏み台に乗っても手が届かないから、手近のハンガーでひっかけて掻き出した。

ずらっと並べると、粋だね。ダンディーだよ、あんた。

さて、これら、どないしよう。

夜伽 2

yotogi

これは、あなたとわたしの、
四十九日間のランダムな記録である。

今日は、長男の誕生日である。もう、親とは別の家族をもち、それなりの社会生活、家族生活を送っているから、婆からのお節介は邪魔なだけだ、と思うが、必ず、ハッピーバースデーのメッセージだけは、送ることにしている。というのも、この子の誕生日には、わたしのとんでもない切ない思い出がある。

その日の朝、今日は、この子の誕生日だ、なにか、きちんと御馳走して、お祝いしよう、と、絶対に覚えていた。なのに、なにがあったのだろう、とにかく、とんでもなくあわただしく一日が過ぎて、バタバタと夕食の準備、いつもの洗濯物取り入れやら、なんやかや、そのうえ、長男の帰りがいつもより遅い、各段に遅い。なんじゃ、アイツ、どこほっつき歩いとる？　何して遊んどる。飯も食わずに、大丈夫かいなぁ、と、かなり心配になった頃に「ただいまー」と能天気な声。「まあ、どこほっつき歩いてたのよ」と、お決まりのオカンの叱責。「誕生日やから、友だちが祝ってくれていたんや、そやのに、怒るんか？」

「ガーン」。キレイに、忘れてた。朝、覚えていたのに。

テーブルの上には、とりあえず間に合わせたような、和皿にサンマ一匹、しかも、時間が経ったから、干からびている。誕生日の御馳走が、これ？ケーキもロウソクもない。

ああ、なんて、悲しい母なんだ。なんて、ドヂこい母なんだ。命ささげます、と愛しているはずの息子に。誕生日に干からびた、サンマ一匹！

もう、思い出すだけでも、身がすくむ。自分の愚かしさ。

たぶん、「俺ってこの程度?」と息子を傷つけたこと。

誕生日、というだけで、あの、サンマ一匹が目にうかぶ。いつか、息子がわたしにどんな冷たい仕打ちをしても、あのサンマ一匹、を思い出して、(しかたない、サンマ一匹の仕打ちをしたのだから)と、あきらめよう。その償いのつもりか? 彼の誕生日メッセージは、忘れずに送る努力をしている。

それにしても、人間は、というか、わたしは、かもしれないが、どうして、ここぞ! というときに、うかつ! なんだろう。

＊

長男が生まれた時、どう思った？　と、あんたに聞いたら「ああ、これで、もう、俺死んでもいいと思った」と、言った。それを聞いて、やっぱり、男は無責任だと思った。わたしは、子どもが生まれた瞬間に「これで、自殺する権利を失った」と思った。だって、命を産んでしまったら、その子が一人前になるまではちゃんと育てなきゃならない。ようやく、やっとのことで、自分が大人にようようなったのに、次はまた、今までくらいかけて、この子を一人前にするまでは、生きないといけないなんて……と同時に、男は呑気でいいなぁ、と実感したのだった。

さて、あんた、あんた、死んでしもうたけど、長男も次男も、まあ、普通に、社会人やっとりますで。

*

ああ、もう、ホントにいやになっちまう、うんざりしてしまう。まあ、自立して一人で生きていくってことは、こういうことなんだろうけれど、なんじゃや、この煩雑さ、面倒くささ、税金だ、医療費だ、確定申告だ、マションの管理組合だ、ほにゃほにゃほにゃほにゃ、クソ。

部屋を、片付けているんだか、散らかしているんだか、毎日毎日……気を取り直してチャレンジだ。

長男は、「勝手にいろいろ動くな」と言うし、そう言うくせにいっこうに来てくれないし、なんかちゃんとやってくれるのか、口をひらけば、お叱りばかりだし。

「怒っているんじゃない、事実をちゃんと聞きたいだけだから、ちゃんと答えて、え？　どう？」

「ん……忘れた」

「はい、わかった。そっか、わかった。じゃ、いいね。怒ってるんじゃないよ。さ、どうすればいいのか、言ってごらん、あんたのすることは？」

「ン…………何もしない、勝手なことしない？」

「はい、そう、よろしい。怒ってるんじゃないよ、でもね、紙切れ一枚、大事なものかもしれないんだから勝手に捨てない。いろんなとこに勝手に連絡しない、いいいね」

「はい」

で、いいのかなぁ。わたし、そんなに、アホか？　ああ、面倒くさい。

あんた、「いい気味だ」って、笑ってる？

＊

あきれるほどの蝉時雨のなかにいたのに、気がつくと、もう、虫がすだいている、シチシチ四十九日とは、死者が、この世からあの世へと、慣れない道をたどるのだと聞くけれど、残されたものもシチシチ四十九日かけて、その人の肉体がなくなるこれからを、うけいれる練習をする。先人たちの歴史や、さまざまなしきたりからうみだされた、残されたものたちへの、これからを生きるための知恵、四十九日の期間。

わたしも、五十五年間の今までの暮らしにけじめをつけて、残された人生のわたしだけの時間のために、よみがえる。

＊

『史記』を書いた、司馬遷になぞらえるほど、でっかくもないし、笑うほど、ちんまりしたものだけれど。

司馬遷は、代々の史家に生まれ、幼少時から、史家になるための教育を受けてきた。歴史を記録するには、とんでもない、知識、教養、あるべき人間性が必要だ。むしろ、その作業は、神、に近い視点すら必要なのだ……そんなふうに習った。そんな教育を受けた司馬遷が、皇帝が気に入らない意見を言ったために罰せられることになる。その罰は、死罪か、チョン切られるか、を選ぶ。で、彼は、チョン切られるほうを選ぶ。彼が、チョン切られる＝腐刑、を選んだのは、彼は、歴史書をまだ成していなかったからであると……これまた、習った。

自分の代までの大中国の歴史書。それが、いまだに完成していない。生き恥をさらし、のちのちまでの我が恥辱をさらしてまで、彼は『史記』を完成するまでは、死ねなかったのだ、と。

その壮絶な生きざまは、昔、まだ、うら若き乙女であったわたしにも、おぞましくもあり、恐ろしくもあり。

それになぞらえるほど、この『夜伽』が、偉大だとも、貴重だとも思えないけれど、とりあえず、あんたのために、この四十九日の間の、あんたへの、よとぎ話は、わたしからの、おくりもの。そして、わたしが、これから、生きていくための、支え。

＊

不純な動機……結婚前に夫の部屋に行った時、部屋中が書籍でいっぱいだったのに魅かれた。同じ国文学専攻の先輩だから、わたしが欲しい本、持っておきたい本が、すでに網羅されており、いちいち、あちらの図書館、こちらの研究室、などに借り歩く必要もない。

この人と結婚すれば、これらの本は、みんな、わたしのものになる、わたしの手元にある、そう企むと、わくわくした。しかも、この人はわたしより先に死ぬはずだから（わたしより年上、男は女より寿命は短い）、この人の死後は、悠々と、これらの本をのんびり、死ぬまでたっぷり楽しめる、と踏んだ。

やがて、めでたし、めでたし、わたしの思惑どおりに、お宝は、がっぽり、手にはいった、ハズだった。

が、ハズだったはずが、そうは問屋はおろさなかった。まず、第一に、それらの本は、当然ながら、彼のものだった。彼は、本を触るのに、いちいち手袋こそしないものの、丁寧に丁寧に、赤ん坊を触るように、愛をもって、慎重に扱う。書斎は整理整頓、研究中の書籍には、自分で作った小さな付箋が付いていて、それには、小さな小さな文字で、何や、わたしには、わけの分からぬことが記されている。一冊、触っても、ずれても、すぐに、バレル。まったく……部屋に入ったのさえ、あっという間に露見する、ということが分かった。

というわけで、お宝は、結局、わたしの、お宝には、ならなかった。

彼が、脳梗塞に倒れ、「思考がしんどくなった。好きに本を触っていいよ」と言ってくれた時には、こちらも視力が弱り、文字を読む気力も失せていた。

なんのことはない、不純な動機の結婚願望は、不純であるが故か、笑い話と化したのである。

*

詩人になりたい。乙女は、どういうわけか、そう思っていた。

「あもるふ」——学生時代に、更紙《ざらがみ》印刷の冊子を出した。お友達と三人の合作、赤い表紙紙、詩人では「食えないよ」、いや、食うための詩人というより、「ことば」がやってくるのだ。そこいらに飛び交う「ことば」、蜘蛛の巣みたいに、ことばがはりめぐらされている、それを、とらえる、一瞬、一瞬。

ことばは、わたしの、食べ物みたいだった。食べれば、排泄しなければならない。その排泄物が、わたしの場合、「詩」。

*

昔の「詩」のフレーズ
「詩」は、シーシーシー　いうけれど、
おしっこじゃないね

シーシーシーとお母さんはいうけど、
「詩」は　うんこ　だよ
便秘しないように　むしろ
ウンウンウンと
生きるためには
出さなきゃならない

ウンウンウン
こうやって　わたしの　詩は　この世に出てくる

＊

およそ、乙女の詩じゃない

「せんせい、ぼくのゆび、きらないで」……そうおっしゃったので、残してみることにしました。

若い、大学病院の医師は、言った。

突然の電話。向こう側からは、幼稚園の若い担任の声がする。「なんて言ったらいいか」、「ちゃんと、落ち着いて、すぐ来てください、と言うの!」。遠くのほうから、叫ぶような、園長の声がする。

わたしたちが駆けつけた時、次男は、救急車で搬送されたあとだったね。あんたの車で、救急車のあとを追った。

かなり時間が経って、次男は、右手を包帯でぐるぐる巻きにされて、出てきた。手より包帯が大きい。

お片付けの時に、長机の折りたたみの金属に、挟みこまれたそうだ。

右手、小指の先がぺちゃんこに潰れているそうだ。

恐ろしくて、右手を、見られない。

ぼくのゆび、きらないでとおっしゃったから、試しに、縫っています。〇週間後に、抜糸して、指先から血がでたら、血管がつながっています。それまで、様子をみます。

ああ、繋がってほしい、繋がってほしい、なんとか、この子の指が、元にもどってほしい。

神様、仏様、ご先祖さま……とにかく、お願いです。なんとか、なんとか。

「障害は、その人の個性だから、何ら恥じることは、ない」

「全ての人間は、等しく生きる権利をもっているのだから、どうどうと、生きるべきだ」

立派な、わたしの、理論。それが、我が子の、小指の先ちょっとの事故で、ガラガラと音を立てて崩れ落ちた。

あの日、登園させなければよかった。小指の先がない？ ピアノを習いたいって言ったら、どう言えばいいの？ 学校でいじめられたら、どうするの？　この子は、もう、人生のハンディをせおうの？

立派な知性ある大人であったつもりが、音をたてて崩れ落ちた。なんて、傲慢な、なんて頭でっかちな、鼻もちならない母親だったんだろう。何も知らない、何も分かっていなかった。

でも、そんなこと、どうでもいい、わたしなんて、どうでもいい、この子の小指を、もとにもどして！　抜糸の時に、血が出てほしい！　指が繋がってほしい！

お願いです、わたしの一番大事なものを、捧げます、大事なもの、大事なもの、わたしの、大事なもの。

それは、詩、でした。なぜかわからないけれど、詩を書きたい、詩人になりたい、世間で認められてはいなくても、わたしは詩人でいたい。

だれも気づかないかもしれないけれど、神様、わたしは、詩をやめます。あの世界、どんな世界? わからないけれど、わからないけれど、あの世界に別れをつげます。もう、書くのをやめます。

そう、誓いました。

そして、ぼくのゆびはつながりました。

わたしは、詩を書くのを、やめました。時々は、あふれます。けれど、それは、ひっそりメモ用紙に書いて、水洗トイレに流すのです。トイレ、詰まるかな？（笑）

違うな、それだけじゃないな、詩をやめた理由。「我が子のために、自分のあるかもしれない才能を、封じ込めた」……聞こえのいい、ふりだけで、ごまかしてはいけない。

もう、ひとつ、本当は、自分の根性に見切りをつけたのだ。こちらのほうが、大。

小指一本で、これだけ取り乱す、自分。本物になるためには、本気で向きあわなければ、ならない。

こわくなったのだ。現実を見据えて、自分で考えることに。

自分に都合の悪いこと、しんどいこと……根性すえる根性がない、自分に気づいたのだ。

そんな人の詩は、マスターベーションでしかない。ひとりで、ひっそり、やるものだ。

そんな現実はなかったのだけれど

＊

わたしには　みえた　　そんな現実は　なかったのだけれど

詩の女神は　きまぐれで

えもいわれぬ　妖艶な姿で　前をかすめる

わたしは　彼女をとらまえようと
　身をくねらせてしがみつこうとする

　なのに
あしもとには　我が子が　しがみつく

子は　女のあしかせ

女神に　しがみつこうとする　わたしは
　じゃけんに　我が子を　足蹴にする

そんな現実はなかったのだけれど

わたしは　我が子の　泣き叫ぶ声をきく

そんな現実は　なかったのだけれど

*

詩をすてたら　　楽になった

*

我が子は　我が子でいきていく

自分の人生を、我が子のために、という言い訳をする年ではなくなった。

子にしたら、迷惑な話だ。

わたしは、わたしで　生きていく。
それだけのことに　なった。

*

わたしの「春と修羅」

あんたへの鎮魂歌

そこにいないけれど　　いるひと
逝ってしまったから
わたしが
あらまほしき　あなたを　　つくる
ならんで背を見せている　老夫婦を
　みすぼらしい　と思うか

　うらやましい　と眺めるか
街角ピアノに
　足をとめるか
　雑音と　ゆきすぎるか　みたいに

五十五年の歳月は
良くも悪くも
なかなか　わたしを
ひとりにしない

夜のジャズ

蒸し暑くて目が覚めて
逆に涼し気なメロディーに会う

あっちが痛かったり
こっちがかゆかったりして
眠れない夜は
恋人どおしなら
まさぐりあうのだろうか

*

戸籍謄本を取りに

コンビニでの申請で取れる、と聞くが、知人が、コンビニの機械の前でもたもたしていたら、お巡りさんに通報されて、詐欺の被害者かと声をかけられた、と聞いた。ますます、コンビニのマルチコピー機の前に佇む勇気がなくなった。幸い、半日ほどの電車とバスの旅で、本籍地までは行けるから、優雅なリタイア組であるわたしは、なつかしの町へ、センチメンタルジャーニーとしゃれこんだ。

もちろん、このセンチメンタルジャーニー♪は、あの若い子（彼女すら、もう若手ではない！）の歌ではなく、わたしには、ドリス・デイ、のほうである。

たぶん、もう、二度とは通らないだろう昔ながらの商店街を通り、無くなったお店や、昔のままで、ちょっと寂びれた感じになっている佇まい。ああ、まだ、このスポーツ店、残ってる。畳屋さんが健在？　なんて。結構、ノスタルジックな気分になって、若かりし頃の自分や、あんたのこと思い出して、戸籍謄本はあっけなく交付されて、「印鑑、持ってきてるんですが、いらないんですか？」なんて、いらんこと聞いて、「お渡し口でお呼びするまでに、〇番の機械のところで、１５０円の交付代金を払って、領収書を用意しておいてください」。

ふーん、便利になってるんだ。

せっかく来たのだから、なんとなく、市役所の周りをぐるっと、遠まわりして、昔、子どもがお世話になった小児科なんか、無くなっているのも確認して、一仕事、終えた。

気にかかっていたことを、ひとつ、キチンとできた達成感。昔なつかしい、過去への小旅行。

自宅に帰って、その、謄本を、しみじみ、見た。

あんたが、「北海道に本籍地を置いていたら、これから何かと面倒だから」と言って、あの時にあんたが住んでいた文化住宅（マンションとか、アパートとかでなく、こういう建物があったんだよ）の住所を、本籍地にした。わたしの父や母は、え⁉　と呆れた。その、わたしたちの本籍地の戸籍には、あんたが、あんたの父さんと母さんの間に生まれ、父さんがその何日かあとに、届けを出している。

父さんと母さんの名前が、きちんとフルネームで記載されている。

そして、そこには、わたしが（わたしも、誰と誰との間の何番目の子で、誰がいつ、届け出たかがでている）あんたと結婚して、姓は、夫、と書かれている。当たり前の記載だが、真面目くさって書かれていると妙に威厳がある。

次に、あんたとわたしの間に、長男が生まれ、次男が生まれ……当たり前のことだけれど、それらが、淡々と文字になっている。改めて、わたしたちって、生きてきたんだ、暮らしてきたんだ、と思う。

で、次のページ、長男と次男の所。

それぞれ、わたしたちと同じように、それぞれのパートナーと出会い、婚姻届けを出している。

二人とも、ちゃっかり、当然だが、その時住んでいる住所に、本籍地を作っている。わたしたちがそうしてきたのだから、文句はないし、リーズナブルである。

でも、でも、わたしにしてみれば、1ページ目で、あんたが、死んで、除籍になっていた。

これは、分かっていることだし、覚悟していた。まあ、その証明のために、この書類をもらいに行ったのだから。

けれど、その2ページ目で、ひとりずつ、息子が、わたしたち家族から、去っていっていた。

なに、これ⁉　この謄本には、わたししか、いないの⁉　わたし、ひとりぼっち⁉

なんだか、分かりきっていることだし、当然なんだけれど、当たり前の現実には、驚かされる。わたし、ひとり。

翌日、趣味のサークル活動があった。気のおけない仲間で、同世代である。

ついつい、夫を亡くしたわたしの話をしてしまい、皆さん、ふんふん、と聞き役になってくれる。

その一人、曰く、

「あなた、何言ってるの、あなたの話は、めでたい話なのよ。わたしのところは、旦那は死んだけれど、息子、パートナーがいない、家族を持たない息子が、わたしと同居してるのよ。新しい家族を作って出ていくのは、めでたいことじゃない！　わがまま言うんじゃないわよ」

ああ、よき友だから、そうはっきり言ってくれたのだ、わたしの愚痴や寂

しさが、聞きようによっては、誰かを傷つける時もあるんだ、と、いまだに、
成長せざるをえない、ババアでした。

*

添い寝

けふのうちに
とほくへいつてしまふわたくしのいもうとよ
みぞれがふつておもてはへんにあかるいのだ　（略）

宮澤賢治「春と修羅　永訣の朝」より

明日が、四十九日の法要だ。
ひょんないきさつから、わたしは、仏間に寝起きすることになった。
あなたの、まだ、あの世にはキチンと逝っていない、大きな遺影と、
毎夜、眠った。

いよいよ、明日、あなたは、あの世の正式メンバーになるという。

今宵は、最後の添い寝だ。

肉体はなくなったけれど、四十九日は、
まだ、こちらを彷徨っているというから。
いよいよ　あなたは、逝って　しまう。
わかりきっていたことだけれど
今宵は　最後の　添い寝に　なるんだろう

＊

そんなに頑強な身体で生まれてきたわけでもなかった。
結構、神経質でプライドが高かったから、他の人よりも、人知れず、
苦しく　辛い思いもしただろう。

だから、七十八年も、よく頑張ったね。

褒めてあげるよ、わたしなんかが褒めたって、どうってことないけれど、
よくやった、
よくやった、
当たり前のことだけど、えらかったね。

ラジオ体操殺人事件

yotogi

―暗闇―　舞台上に　一人を除いて全員
等間隔に立っている
ＮＨＫ第二放送　６時20分からの放送が流れる

ラジオ「時刻は、やがて６時30分です」

スポットライトを、Ａに
Ａ　キャリーバッグに支えられるようにして登場
よたよた歩きながら　大声で

Ａ　おはようございます。へえ、ありがとうございます。
はあ、今日も、ええ天気で。

舞台　全体　―照明―　全員　起をつけ

B　夜があけるの、はやなりましたなぁ。ついこないだまで、まだまだ真っ暗やったのに。

C　暗いは暗いで、ええとこありましたでェ、お月さんとお星っさんがよう見えた。

D　けど、暗いと、ここへ来るまでが、こわかった。

E　暗い中、自転車、ビュンビュン飛ばしはりますねん。私ら、その風でこけますねん。

F　朝は、仕事行きはりますから、飛ばしはりますねん。

G　わたしらは、行くとこありませんけどなぁ。

H　ほやから、ここへ、きてますやん。

全員　静かな笑い

ラジオ「皆さん、おはようございます。はじめにラジオ体操の歌……」

ラジオ体操の歌の間、めいめい、
大きく足ふみする者　踵おとしをする者　背伸びをする者

歌う者　万歳する者　ひそひそ話の者

各自　歌に合わせて毎日決めているらしい事をする

ラジオ「ラジオ体操第一」♪

体操スタート

音楽　ストップ

舞台　そのまま　―照明―

話す者以外は、静止

話す者は、舞台正面、観客を見て話す。以下も、このとおり。

I　いつも、あこに来てはる人、今日、いはりませんなぁ。

J　入院でもしはったんかな。

I　どこか、わりかったんですか?

J　いや、知りまへん。名前も知りまへん。

I　そうでんなぁ、私ら、ラジオ体操しに来てるだけですよってに。

K　マスクしてるよってに

A　顔もわからんし

B　名前も年も、知らんし

C　毎朝、この時間

D　ここらあたりで

E　似たような服装で

F　似たような年で

G　男や女かも、よう分からん中で

H　だいだい、それぞれ決まったような場所で

I　ラジオ体操してるだけですわ。

ラジオ体操　再開　続く

音楽　ストップ

状況前回に同じ

J　ポンポン山、どうでした?

K　カタクリの花が、まだ、咲いとりましたわ。

J　おたくが、ここに来てはらんかったら、ああ、今日は日曜やったと思いますねん。

K　私は、日曜は、ぽんぽん山に行くことにしてまっさかいなぁ。ご一緒にどうですか。

J　いや……山はちょっと。

K　山の下まで、車で行きますねん。八時ごろに、てっぺんにつきますねん。誰と約束してるわけでもないけど、なんとなく、いつもいっぱい仲間がおって、てっぺんで、お茶のんでから下ります。今、かたくりの花がさいとりますわ。かたくりの花は、桜と同じ頃に開花しますけど、桜よりは長持ちしますわ。

J　ぽんぽん山は、こどもの頃、登りましたわ。小学校の時、耐寒遠足で登らされて、その時、こども心でしんどかったんで、一生、行く気しません。

K　うちの息子も孫もそれです。行くの私だけですわ。若いころ、あちこちの山へ行ってましてなぁ。日本百名山は、ほとんど行きました。今は、もう、ぽんぽん山だけですわ。

J　今でも、ぽんぽん、いうんでっしゃろか。

K　さあ、そうでっしゃろなぁ、上がったら、お茶のんで、すぐ帰るだけですから、最近試してませんけど。女の人が多うて、山の上は、女子会みたいですわ。

J　もてはりますやろなぁ。

K　男も女も、もう、一緒ですわ。

J　生きてるのも、死んでるのも、境目ないのと一緒ですか？

K　いやー、そっちの境目は、まだありまっしゃろ。

ラジオ体操　スタート、続き
音楽　ストップ

B　いやー、あんたら、こっちに来たん？

C　あっちな、家の近くやから、便利やけど。あんまり、歩かれへんよってに。

D　私ら、用事ないから、何ぞして歩かな、足腰弱るからなぁ。

E　雨、降りそうな時は、あっち行くわ。こっち来たら、来るだけで、二千歩、稼げるねん。

B　いやー、うれしいわぁ。私は、こっちでは、歩数にはならへんけど、なんし、何かせんと、体、弱るからなぁ。

C　家で、一人で、ラジオ体操しよ、思ても、続かへんねん。

B　こうやってな、何となく来てると、何となく、来るねん。

D　風、気持ちええしなぁ。

B　そや!!　三人で、三か月続いたら、ご褒美に、ランチせえへん？

C　いや、うれし！　励みになるわ。今、コロナで、何もあらへんやろう。今から三か月いうたら、ちょっとはましになってるんちゃう？　ランチくらい、行けるやろ。どこに、する？

B　ちょっと、オシャレな店。

D　オシャレいうても、高槻やから、しれてるけどな。皆で捜しとこ。ちょっとオシャレでリーズナブルな店。

C　うれしー。

ラジオ体操　再開

ラジオ体操　音楽　ストップ

A　ここ、いつも綺麗ですなぁ、ゴミあらしまへん。

E　昨日、昼間、孫連れてきたら、えらい混みようでしたわ。車は駐車場に入るどころか、道のあの信号のへんまで、ずうっとつながって待ってるし、芝生の上は、小さなテントやら、シートやら、グランなんちゃらやらで、家族連れや、若いもんで大騒ぎで、ミツでミツでミツで……いっぱいゴミ出たはずでっせ。それに、ここは、ゴミ箱、作りよりませんねん。「ゴミは各自、お持ち帰りくださいい」て、しょっちゅう放送しよる。

A　ゴミ、どこへ行きよるんでっしゃろ。

F　高槻の市民は、めちゃくちゃ行儀ようて、みんな綺麗に持って かえりよんでしょうかねえ。たいしたもんや。

G　ほんま、チリ一つない。トイレも綺麗し。

I　誰もゲロ吐かへんし、フランクフルトの棒は落ちてへんし、ポテトチップスのかけらもあらへんで。

A　夜中に、業者が掃除しとるんやろ。

H　いや、ここは、古代人の遺跡のあとの公園です。古代と宇宙と、現在が、クロスしとるんです。あま遺跡……あま、安心の安と、満足の満、あんまんで、あまですわ。けど、もう一個の字は、テン、天の川（あまのかわ）のテン、あま、ですわ。しゃあから、夜中に、ここの天空に、宇宙船が浮かんで、ゴミやら、汚いもんやら、今の地球にいらんもんを、みんな吸い取ってくれますねん。我々が、眠ってる間にね。そやから我々が、ラジオ体操に来た時には、綺麗ですねん。清められてますねん。

I　へえー、そんなもんですかねー。

F　そやから、元気、もらえるんでっしゃろか。

H　この公園の上空に、宇宙船が浮かんでいて、そこから、ぷわーと清浄な水色の光が出て、公園全体を包んどる様子は、目にうかびますやろ。
いやー、今日は、しゃべりすぎました。

G　ボスコーヒー、飲みますか?

ラジオ体操　再開
ラジオ体操　終わり

ラジオから「では、皆さん、ごきげんよう!!」

—暗転—

しばらくして

「ギャー」（ものすごい悲鳴）

救急車、パトカーのサイレン

暗闇で　声だけ

F　誰が、殺されはったんやろ。

H　えらい大きな声、出はるなぁ。

G　人殺しやて、元気なことや。

A　もうじき、みんな、お迎え来るのに。

I　ほっといても、来るのに。

B　急がんでもなぁ。

C　どの人や。

D　誰でも、一緒やで。

E　ひょっとして、私かぁ?

F　ほな、また、明日。

G　明日、来れましたらなぁ。

A　おつかれさんでした。

照明　つく。
明るくなって、全員、舞台から退場する。

山月記異聞

yotogi

ある夕暮れのことでございました。私は、いつものように、ささやかな夕餉の支度に取りかかっておりましたが、とんでもなく仰々しい一行が、彼方からやって来たのでございます。あとで思いますと、それは供を数人従えた一人のお役人。しかも、お忍びでいらっしゃったわけですから、少しも仰々しくはなかったのですが、長らく訪なう者などなく、ひっそりと娘と暮らしている私にとっては、突然の、ひどく仰々しい訪い人でありました。

その空を、いやにくっきりと覚えております。

私の人生は、よくある平凡なただの田舎の女、まあまあの家に生まれ、まあまあに嫁ぎ、まあまあに子をもうけ、まあまあ普通に暮らしておりました。ただ、一つ、違ったところは、夫が変わり者だったということでしょうか。変わり者、と申しましたが、夫なんて、変わり者でも、何でも、よかったのでございます。ただ私は、まあまあの家に生まれ、まあまあに嫁ぎ、まあまあに婚家に尽くし、適当にこの世を去る、まあまあの女でございます。ああ、しつこすぎましたね。ひょっとして、変わり者に嫁ぎ、変わり者と暮らした、私も、変わり者になってしまった、のか？　夫と暮らした、と申しましたが、実は、夫と暮らしました年月は、ほんの数年でございます。何しろ、夫は、将来を嘱望されていた役人、そして、自分勝手に突然、退職。その退職後の生活たるや、およそ、常人の暮らしではありません。私はつくづく教養人とか、文化人とか、芸術家、なんてものには、つきあい切れない、と思いましたよ。何様なんでしょうねえ。それから、ややして、夫は再就職。それも、「お前たちを養うために」だとか、「下らない人間の下で」とか、ぐじぐじぐじぐじぐじ……いやはや…何様なんでしょうか。そして、とうとう、ある日失踪‼実は、失踪という便りがはいりました時、まず、私が感じたのは、やれやれ、というホッとした思いだったのです。先ほどから、まあまあの、と何度も申しましたが、私の実家も、まあまあの家でございました。ですから、夫が出奔いたしましても、ほそぼそと、娘一人と暮らしていけないことはない、その程度でした。老いたとはいえ、父も母も、また、凡俗とはいえ、気のいい兄もおりました。なんだか気難しい、また、常に苦虫をかみつぶしたような、夫。他人は、私が気の利かぬ、大切なたった一人の夫の機嫌すら取れない愚鈍な女のようにも、陰で申しているようでもございました。ですから、今思えば、肩の荷をおろした、というか、いささか正直申すと、ホッとしたのでございます。もちろん、世間や、身内からは、捨てられた女、妻として、出世できるはずの男を、取り逃がした女……まあ、妻としては、失格の女というレッテルが貼られるのに、少々、傷つきましたが、レッテルよりも、中身ですよね。私は、気楽になりました。

それで、夫とは、もう、縁が切れた、と思いました。

けれど、じつは、夫とは、それはそれは、永い永い夫婦生活が、続いたのです。

その、夫との生活が始まったのが、あの、夕暮れの日のことです。

何でもない、一日が暮れようとしている、当たり前の日暮れ。袁傪《えんさん》さまは、いらっしゃいました。

そして、これからは、私に一切、生活の苦労はさせまい、私の一人娘は、然るべき年齢になれば、然るべき男に嫁がせよう。私が、何の憂えもなく、安穏に暮らしていけるようにしてやろう、とおっしゃったのです。先ほどから何度も申しておりますように、私は、当たり前のままあの女です。袁傪さまが、私を女として認め、魅力にひかれ、などということは、絶対にありません。身の程を心得ている私は、そのお申し出が不思議でなりませんでした。

そして、袁傪さまは、当然、「そのかわり」とおっしゃいました。

「そのかわり、このウサギを一羽、大切に飼ってくれ」

ウサギでした。弱弱しい、ありきたりの、みすぼらしいウサギ。


それが、夫でした。夫は、虎になんて、なっていなかった‼

その時は、私は、当然、そのウサギが夫だとは、気づきませんでした。ウサギを飼うことが、私の面倒をみることとの条件？

ウサギを殖やして、生活の足しにせよ、という思し召しなのか？

お断りする理由もございませんから、愚鈍な私は、当然、このお役人様の申し出に肯《うなず》いて、それから、私の、ウサギ飼いの暮らしがはじまりました。

が、ほどなくして、気がつきました。その雄ウサギは、夫でした。話さなくても、気配がしたのです。臆病で、びくびくして、それでいて、自尊心が強い。飼い主の私に、へつらう。まるで、過去において、私を棄てたことへの贖罪をしているかのように。

人間が、ウサギになるなどとはありえない？　あらー、おっしゃいますわね、人が、虎になるお話を信じなすったじゃありませんか！　そして、感動して、俺は、李徴だ、俺の自尊心は、とか、尊大な羞恥心だとか、大袈裟な漢語を使いなすって、結局、ぐだぐだおしゃってる方は、それだけの方ですわ。夫は、虎になんかなったんじゃありません。虎になれるのは、悟空さまです。もっとも、悟空さまは、虎になんてなろうとも思わないし、おなりもしないでしょうけれど。

夫は、袁傪さまのお情けで、後々までのお話を語り伝えていただいただけです。叢の隅で、めそめそと、冷えた体を震わせていた夫を、袁傪さまは、私のところへ、運んできてくださいました。

自分の虎になった理由を自己分析し、自己批判し、自分を苦しめる……そのことによって、自分を救おうというのですわ。自分のだめなところを、自分で分かっているから、苦しんでいる。それを、免罪符にしようとしている。

男の方々が、やれ李徴だ、山月記だ、中島敦だ、なんて。

それは、何事かを、がむしゃらにやり遂げられなかった男の、言い訳、ヒロイズムですよ。

夫は、常にびくびくし、物音に怯え、耳をひくつかせ、そのくせ、雄ウサギの名に恥じず、雌と交わる。餌を食べている時以外は、それから、外敵を恐れている時以外は、繁殖のことばかり考え、ああ、でも、それが生き物のあるべき姿なのかもしれませんね。食われないために逃げる、生きるために食べる、種をつなぐために交じわる。

あれからは、そんな夫に付き合いました。尻にクソをまつわりつけた、ウサギの夫に。

こんなことを申すのは、袁傪さまをはじめとして、作者の中島敦様、そして、李徴様、すべての教養ある、人として高邁な精神をお持ちの方々すべてを敵にまわし、つばを吐きかけ、罵り、女のたしなみもかなぐり捨てた、人非人にでもなったような気がいたします。立派な人たちへの、許しがたい冒涜。でも、そうなんです。私は、あれから、毎日毎日を、普通の生活に明け暮れ、増え続けるウサギの世話に明け暮れ、その繁殖力に、あきれ、でも、すべては順調で、安穏で、恵まれていました。夫たちは増え続けました。人々は、屋敷を兎邸、私を兎姥様と呼びました。一抹の薄気味悪さと、増え続けるウサギと、その安穏な暮らしと、時々もたらされる、身分の高そうなお役人から届けられる金品に、敬意を払って。もしくは、いささかの嫉みも交えて。

夫は、どちらが幸せであったのでしょうねえ。虎になりきって、月に咆哮するのと、その生来の性のままに、自分にすら怯えて、ウサギとしてびくびく余生を送るのと。びくびく己に怯えながら、それでも、私が自分の庇護者だと分かると、うんざりするほどの無防備さで、私に慕いよってきておりました。そのころの私は、すっかり夫への敬意の念は消え、母親のような慈悲、となればよかったのですが、自分でも、情けないくらい、私は愛せなかった、慈しめなかった。あれだけ、高邁な人だっただけに、その貶める気持ちが、逆に激しかった。そんな自分が情けない。袁傪さまへの手前、普通の愚鈍な、哀れな妻のふりをして、ほそぼそとした生活の拠り所を感謝しているふりをし、夫のことに気づかぬふりをしていたけれど。

やがて、夫たちの生も尽き、私も、普通に生が尽き、数奇な運命も、平凡な運命も、激動の運命も、等しく、尽きました。

聞くところによりますと、日ノ本では、満月には、ウサギが住むという。はてさて、いまだに、自尊意識のおさまらぬ夫が、異国の空でまで、この度は、影となって住みついているのか、よくよく業の深いお人よと、さすがに、同情めいた気持ちになります。ただ、とつくにの雅びな日ノ本の月のウサギは、人の心を慰めると伺いましたから、少々安堵しております。

あとがき

折しも、ＮＨＫ大河ドラマでは、紫式部が、いろいろな意味で「書くこと」で生きながらえていくというシチュエーション。

私は、なぜ自分が「書き始めた」のかが、今は、分からない。

とにかく面倒くさがり屋だから推敲もなく、書きなぐった。それを、竹林館さんが、「いいですよ」と、快く受け取ってくださった。そして、このような、（自分でいうのも何だが）センスのいい、素敵な一冊にまとめあげてくださった。

感謝しかない。

二〇二五年一月

如月ふう

カバー画

小川 賀子（おがわ　よしこ）

千葉県出身 / 滋賀県在住
シンガーソングライター
（ソロ、よしこストンペア、よしこストン fam にて
関西を中心に音楽活動中）
音楽クリエイター、ハンドメイド作家、４コマ漫画家、
イラスト描き、介護福祉士、美術モデル。
１番好きな柑橘はライム。

Instagram

@KIMOCHIRECORD

如月ふう（きさらぎ　ふう）

高槻あま遺跡公園で、「絵本のよみかたり、ストーリーテリング、わらべ歌」などをやっています。特筆すべきことは、この公園のボランティア団体である『あまんど倶楽部』のかたがたが、山から木を切り出し、設計図を作り、竪穴住居を復元したこと。その中での月二回のおはなし会です。

次の目標は、高床倉庫の復元。書庫にしたいから頑張って！　とプレッシャーをかけています。私の課題は、ふう亡きあとも、ここでのおはなし会を続けてくださる、後継者の育成です。

夜《よ》伽《とぎ》

2025 年 2 月 21 日　第 1 刷発行

著　者　如月ふう
発行人　左子真由美
発行所　㈱ 竹林館
〒 530-0044　大阪市北区東天満 2-9-4
千代田ビル東館 7 階 FG
Tel　06-4801-6111　Fax　06-4801-6112
郵便振替　00980-9-44593
URL http://www.chikurinkan.co.jp
印刷・製本　モリモト印刷株式会社
〒 162-0813　東京都新宿区東五軒町 3-19

ISBN978-4-86000-534-4　C0095

定価はカバーに表示しています。
落丁・乱丁はお取り替えいたします。